CATALOGUE

DES

ESTAMPES

ANCIENNES ET MODERNES

PRINCIPALEMENT DU XVIIIe SIÈCLE

Imprimées en noir et en couleurs

MINIATURES, ÉMAUX

GOUACHES

BONBONNIÈRES ET BOITES

Tableaux et Dessins anciens et modernes

PORCELAINES ET FAIENCES ANCIENNES

DE CHINE, JAPON, SAXE, SÈVRES ET AUTRES

Objets de vitrine et divers

LIVRES — BRONZES — ARGENTERIE — MEUBLE

Bandeaux en tapisserie, etc., etc.

Composant la Collection de M. CH. B***

DONT LA VENTE AURA LIEU

HOTEL DROUOT, SALLE N° 6

Les Mercredi 21 et Jeudi 22 Février 1906

à 2 heures très précises

COMMISSAIRE-PRISEUR	EXPERTS
Me PAUL AULARD	MM. PAULME & B. LASQUIN fils
6, rue Saint-Marc, 6	10, rue Chauchat, et rue Laffitte, 12

EXPOSITION PUBLIQUE

Le Mardi 20 Février 1906, de 1 heure 1/2 à 6 heures

CONDITIONS DE LA VENTE

Elle sera faite au comptant.

Les Acquéreurs payeront *dix pour cent* en sus des prix d'adjudication.

On suivra, pour chaque vacation, l'ordre numérique du catalogue.

Les experts chargés de la vente se réservent la faculté de réunir ou de diviser les lots ; ils se chargent, aux conditions habituelles, de remplir les commissions que voudraient bien leur confier les personnes ne pouvant assister à la vente.

L'exposition publique mettant le public à même de se rendre compte de l'état et de la nature des objets, il ne sera admis aucune réclamation une fois l'adjudication prononcée.

N. B. — Les vacations étant chargées, on commencera **très exactement** *à deux heures.*

Paris. — Imp. Georges Petit. — 16218-06.

frs 65.000

DÉSIGNATION

ESTAMPES

ANCIENNES ET MODERNES

Encadrées et en feuilles, en noir et en couleurs.

1 — Sous ce numéro, les estampes non cataloguées.

2 — **Anonyme**. *Portrait d'une princesse étrangère.* Médaillon ovale in-4°, gravé dans la manière de Bartolozzi.

Superbe épreuve *avant toutes lettres,* toute marge.

3 — **Bartolozzi** (F.). *Catherine II, Empress of Russia,* d'après M. Benedetti, 1783. Joli portrait en pied, in-fol.

Très belle épreuve imprimée en bistre, toute marge.

4 — **Baudouin** (D'après P.-A.). *Les Amants surpris.* Estampe in-fol., gravée par Choffard (E. B. 3).

Belle épreuve, marge, encadrée.

5 — **Baudouin** (D'après P.-A.). *Le Coucher de la mariée*, par J.-M. Moreau le jeune et J.-B. Simonet (E. B. 16).

Superbe épreuve avec une belle marge.

6 — **Baudouin** (D'après P.-A.). *La Jeune bouquetière.* Copie de l'estampe : Marton. Petite pièce ovale in-4°, publiée chez Crépy (E. B. 31), gravée au pointillé et imprimée en bistre.

Belle épreuve à toute marge.

7 — **Baudouin** (D'après P.-A.). *Le Léger vêtement* (E. B. 28), par Chevillet.

Belle épreuve *avant toutes lettres* d'un état non décrit (doublée et restauration dans la tablette), très petite marge.

Collection du baron Pichon.

8 — **Boizot** (L.-A.). *Marie-Antoinette d'Autriche, reine de France.* Portrait en médaillon rond sur encadrement, d'après L.-S. Boizot. Petit in-fol.

Superbe épreuve, grande marge.

9 — **Boucher** (D'après F.). *Mercure instruisant l'Amour*. Petit in-fol. en travers, par Mme Dupont.

Très belle épreuve *imprimée en couleurs,* petite marge. Rare.

10 — **Chenu.** Portrait de *Mme Favart*, d'après Garand. Médaillon ovale dans un encadrement in-8°.

Très belle épreuve, petite marge.

Collection de Goncourt.

11 — **Chevaux** (D'après). *La Savonneuse*, par Motey. In-4°.

Très belle épreuve, gravée au trait et rehaussée en couleurs, sans marge. Rare.

12 — **Cosway** (D'après R.). *Mrs. Cosway*, par Schiavonetti. Charmant portrait in-8°, gravé en imitation de dessin.

Très belle épreuve, avec lettre grise, grande marge.

13 — **Coutellier**. *Mlle Maillard*, de l'Acaédmie royale de musique. Gracieux petit portrait ovale, avec encadrement.

Superbe épreuve, *imprimée en couleurs*, grande marge.

Collection de Goncourt.

14 — **Coutellier**. *Mlle Olivier*, de la Comédie-Française, dans le rôle de *Chérubin*. Portrait ovale, dans un encadrement équarri. In-4°.

Très belle épreuve, *imprimée en couleurs*, grande marge.

15 — **Daullé** (J.). *Anastasie*, landgrave de Hesse-Hombourg, née princesse Troubetskoy, d'après Roslin, 1761. In-fol.

Superbe épreuve avant les noms des artistes, avec marge. Rare.

Collections Galichon et Béhague.

16 — **Debucourt** (P.-L.). *Mme Saint-Aubin*, d'après L. Boilly (M. F. 147). Portrait gravé à la manière du lavis, vers 1803.

Superbe épreuve, marge. Rare.

17 — **Debucourt** (D'après P.-L.). *La Rose mal défendue*, par Bonnemain. Réduction petit in-fol. de la même composition originale de Debucourt (M. F. 27).

Très belle épreuve en noir, marge.

18 — **Demarteau** (G.) et autres. *Buste de jeune fille* (466). — *Vénus et l'Amour* (488). — *Vénus couchée* (552), d'après F. Boucher. — *Mlle Vanloo* (283), d'après Cle Vanloo. — *La Laveuse*, par Bonnet, d'après F. Boucher. — *Jupiter et Antiope*, par Parizeau, d'après F. Boucher.

Six pièces à la sanguine ou aux crayons de couleur.

19 — **Descourtis**. *F.-S.-Wilhelmine de Prusse*, princesse d'Orange et de Nassau, etc., etc. Beau portrait en médaillon ovale, in-fol., d'après Hentzi.

Superbe épreuve *imprimée en couleurs*, d'une grande fraîcheur de coloris, avec une très grande marge. Rare.

20 — **École moderne**. *Buste de femme*, par Rozier. — *L'Inspiration*, d'après Fragonard. — *La Duchesse d'Aumale*, par E. Hédouin. — *Mrs. Siddons*, par Rajon. — *La Comtesse de Barck*, par Waltner, d'après H. Regnault, etc.

Dix pièces, eaux-fortes, lithographie ou gravures.

21 — **Fragonard** (D'après H.). *Le Baiser.* Gracieuse petite estampe de forme ronde, par A.-M. de Gouy (?). In-8°.

Très belle épreuve *avant la lettre imprimée en couleurs,* avec marge, encadrée.

Collection J.-L James, de Londres, déc. 1892.

22 — **Freudeberg** (S.). *La Toilette.* Charmante eau-forte originale du maître. In-8°.

Superbe épreuve avec marge, encadrée.

Vente J.-L. James, de Londres, déc. 1892.

23 — **Grassi** (D'après). *Lady Gilford,* née comtesse de Thum, par Schnell, 1794. Gracieux portrait en médaillon ovale, équarri, gravé en manière noire.

Très belle épreuve, sans marge sur trois côtés.

24 — **Greuze** (D'après J.-B.). *Les Premières leçons de l'Amour,* par Voyez.

Superbe et rare épeuve *avant toutes lettres,* marge.

25 — **Hoppner** (D'après). *Mrs. Benwell.* Délicieux portrait in-folio, gravé par Ward.

Superbe épreuve *imprimée en couleurs,* encadrée

26 — **Huet** (D'après J.-B.) *Ariadne* (sic). Gracieuse estampe in-4°, par G. Demarteau.

Très belle épreuve, *imprimée en couleurs,* marge. Cadre ancien en bois sculpté.

27 — **Huet** (D'après J.-B.). *Vénus et l'Amour.* Jolie petite pièce, de forme ovale équarrie, in-4°, gravée par L. Bonnet.

Très belle épreuve, *imprimée en couleurs, avant toutes lettres,* avant la retouche, marge.

28 — **Isabey** (D'après J.). *Mme Dugazon.* Portrait en médaillon ovale, gravé par Monsaldy.

Très belle et fraîche épreuve, *imprimée en couleurs,* grande marge.

29 — **Isabey** (D'après J.). *Marie-Louise*, archiduchesse d'Autriche, impératrice, reine et régente. Portrait en médaillon ovale, gravé par Monsaldy.

Très belle épreuve *imprimée en couleurs*, toute marge.

30 — **Janinet** (F.). *L'Agréable négligé.* Médaillon ovale dans un encadrement rectangulaire, in-4°, d'après Baudouin (*Le Léger vêtement*) (E. B. 28).

Superbe et très rare épreuve *avant toutes lettres,* marge, encadrée dans un cadre Louis XVI, en bois sculpté.

Collection J.-L. James, de Londres, déc. 1892.

31 — **Janinet** (F.). *La Compagne de Pomone,* d'après Saint-Quentin. Charmante estampe en médaillon ovale, avec encadrement gravé. In-4°.

Superbe épreuve *imprimée en couleurs avant toutes lettres*, petite marge.

MADEMOISELLE DU T* * *

Se vend à Paris chez Basan et Poignant M^ds d'Estampes, rue et Hôtel Serpente

N° 33

32 — **Janinet** (F.). *L'Aimable paysanne*, d'après SAINT-QUENTIN. Charmante estampe en médaillon ovale avec encadrement gravé. In-4°.

Très belle épreuve *imprimée en couleurs*, avec petite marge.

Collection du baron Pichon.

265 —

33 — **Janinet** (F.). *Mademoiselle du T...* (Duthé). Estampe ovale, grand in-4°, d'après LEMOINE, 1799. Elle est représentée de face, assise devant sa toilette; elle tient des roses de la main droite, une lettre de la main gauche; son miroir la reflète de profil.

Superbe épreuve *imprimée en couleurs* sur son encadrement gravé, avec marge. Très rare. Encadrée.

Collection de Goncourt.

34 — **Janinet** (F.). *La Toilette de Vénus.* Belle estampe in-fol., d'après F. BOUCHER.

Superbe et très rare épreuve, *imprimée en couleurs*, d'une grande fraîcheur. Elle est avant la suppression de l'amour qui joue avec la chevelure de Vénus. Marge. Encadrée.

35 — **John** (F.). *Anna Adamberger*, dans le rôle de Gurli, d'après G.-D. KININGER. In-fol.

Très belle épreuve, *imprimée en bistre*, grande marge.

36 — **Kauffmann.** (D'après Ang.). *Mme la Comtesse d'Harcourt*, née Elisabeth Vernon. Gracieux portrait en médaillon ovale, in-4°. Gravé par C. Ruotte.

Très belle épreuve imprimée en rouge, marge.

Collection du baron Pichon.

37 — **Kucharsky** (D'après). *Marie-Antoinette.* Médaillon ovale, gravé à l'eau-forte par L. Flameng, d'après un pastel inachevé.

Très belle épreuve *avant la lettre*, toute marge.

38 — **Lawreince** (D'après N.) *Ah! le Joli petit chien. — Le Petit conseil.* Deux petites pièces in-4° faisant pendants, gravées par F. Janinet (E. B. 27-48).

Superbes et très fraiches épreuves, *imprimées en couleurs*, avec marge. Très rares à trouver réunies de cette qualité. Cadres en bois sculpté doré.

Vente Danlos, février 1905.

39 — **Lawreince** (D'après N.). *Le Billet doux. — Qu'en dit l'abbé?* (E. B. 10-51). Deux pièces en noir faisant pendants, par N. de Launay.

Superbes épreuves avec belle marge. Rares en aussi belle condition.

40 — **Lawrence** (D'après Sir Th.). *Mrs. Croker.* Petite gravure in-8°, en manière noire, par Thomson.

Superbe épreuve avant la lettre, toute marge, encadrée.

41 — **Lawrence** (D'après Sir Th.). *The Countess Gower and the Lady Elisabeth Leveson Gower.* Beau portrait en manière noire. in-fol., gravé par S. Cousins.

Superbe épreuve, avec marge. Bordure Louis XVI, en bois sculpté doré.

42 — **Méchel** (De). *Marie-Thérèse-Charlotte de France,* fille du roi Louis XVI, née à Versailles, le 19 décembre 1778. Charmant portrait en médaillon ovale, publié à l'occasion du passage de cette princesse à Bâle, le 26 décembre 1795.

Superbe épreuve *imprimée en couleurs,* petite marge.

43 — **Meissonier** (E.). *Le Petit Fumeur.* Petite eau-forte originale du maître.

Très belle épreuve d'artiste, sur chine, marge. Encadrée.

44 — **Meissonier** (E.). *Monsieur Polichinelle.* Eau-forte originale du maître.

Belle épreuve sans aucune lettre, avec toute sa marge.

45 — **Monnet** (D'après C.). *Salmacis et Hermaphrodite,* par Vidal.

Très belle épreuve *avant toutes lettres,* avec la remarque, grande marge.

46 — **Mouchet** (D'après F.). *L'Illusion. — La Toilette.* Deux médaillons ovales, petits in-fol. faisant pendants, par Darcis (?).

Très belles épreuves *imprimées en couleurs*, sans marge. Rares.

47 — **Nattier** (D'après J.-M.). Portrait de *Marie Leckzinska*, reine de France. Petit in-8° ovale, dans un encadrement rectangulaire en travers de lys et de roses, gravé par L. GAUCHER.

Très belle épreuve *avant le texte* au verso. Rare. Encadrée.

Collections Galichon et Béhague.

48 — **Peters** (D'après le Revd). *Sylvia*. Petite estampe en médaillon ovale, in-8°, publiée à Londres, chez J. BRYDON.

Très belle épreuve *imprimée en couleurs*, grande marge. Rare. Encadée.

49 — **Portraits**. *Madame la princesse Marie*. — *Mme de Maisonfort*. — *Hortense Mancini*, duchesse de Mazarin. — *La Duchesse de Montbazon*. — *La Princesse de Longueville*. — *Ninon de Lenclos*, etc. Dix pièces, portraits de femmes célèbres et autres du XVIIe siècle.

50 — **Portraits**. *Céleste Cottellini*, par DENON. — *Mme Bailly*, femme du maire de Paris, par QUENEDEY. — *La Famille royale*, petit médaillon ovale, en profil médaille, sur Chine.

Trois pièces en belles épreuves, marge.

51 — **Portraits**. *J.-B. Isabey*, d'après SINGRY. — Le lieutenant-général *Dulong de Rosnay*, d'après INGRES. — *Mme Gavaudan*, dans Joconde, d'après JACQUES.

Trois pièces, belles épreuves, marge.

52 — **Prud'hon** (D'après P.-P.). *Les Vendanges.* Petite lithographie en forme de frise en travers, par Aubry-Lecomte, 1848.

Très belle épreuve sur chine, grande marge.

53 — **Rembrandt**. *Rembrandt et sa femme* (Ch. B. 203).

Rare épreuve, teintée au lavis.

54 — **Rembrandt.** *Rembrandt au bonnet orné d'une plume* (Ch. B. 233).

Très belle épreuve.

Collections Dreux et Firmin-Didot.

55 — **Rembrandt**. *Le Petit orfèvre* (Ch. B. 94).

Belle épreuve.

56 — **Rembrandt** (D'après). *Portrait de femme.* Eau-forte, par Schmidt.

Très belle épreuve.

57 — **Reynolds** (D'après Sir J.). *The Honourable Mrs. Bingham.* Gracieux portrait, petit in-fol., gravé par Bartolozzi.

Superbe épreuve, avec les armes et le titre en lettres anglaises, marge, encadrée.

Vente R. Gentien, février 1896.

58 — **Rigaud** (D'après H.). *Elisabeth de Gouy*, femme du peintre Rigaud. Beau portrait. In-fol., par J.-G. WILLE.

Superbe épreuve *avant toutes lettres*, petite marge. Rare.

59 — **Ruotte**. *Marie-Antoinette en laitière*, d'après CÉSARINE F... In-4°, ovale.

Charmant portrait de la reine. Superbe et fraiche épreuve *imprimée en couleurs*, avec les noms des artistes, belle marge. Rare.

60 — **Ryder** (T.). Portrait de *Jeune femme*. En médaillon ovale, de profil à droite, les mains jointes. In-4°.

Joli portrait gravé au pointillé, marge.

61 — **Saint-Aubin** (AUGUSTIN DE). *Adrienne-Sophie, Marquise de****. — *Louise Emilie, Baronne de****. Deux charmants portraits en médaillons ovales sur fond équarri, faisant pendants. In-fol.

Très belles épreuves, avant l'adresse, marges inégales.

Collection de Goncourt.

62 — **Saint-Aubin** (AUGUSTIN DE). *Jupiter et Léda*, d'après PAUL VÉRONÈSE.

Très belle épreuve *avant la lettre*, seulement le titre au-dessus du fleuron et les noms des artistes à la pointe, marge.

63 — **Saint-Aubin** (Augustin de). *Intérieur d'une galerie de peinture* (E. B. 546). Eau-forte originale du maître, signée et datée: *1757*.

115 —

Très belle épreuve, encadrée.

64 — **Schiavonetti** (L.). *Marie-Antoinette, reine de France et de Navarre.* Petit médaillon ovale d'après Stroehling. In-8°. Publié à Londres.

Très belle épreuve, marge.

65 — **Vangélisty.** *La Toilette de Vénus.* Médaillon ovale en travers, petit in-fol.

Très belle épreuve, *imprimée en couleurs, avant toutes lettres*, et avant la retouche, marge.

66 — **Vanloo** (D'après J.). *Le Coucher*, par Porporati.

Très belle épreuve *avant toutes lettres*, et non entière ment terminée, petite marge.

67 — La même estampe.

Belle épreuve avec la lettre.

68 — **Vanloo** (D'après L.-M.). *Mademoiselle d'Oligny, de la Comédie-Française*, par J.-J. Huber. Gracieux portrait en médaillon ovale in-fol., avec tablette.

Superbe épreuve *avant toutes lettres*, seulement les noms des artistes, tracés à la pointe.

69 — **Vidal.** *H Aide Beaumesnil*, de l'Académie royale de Musique, pensionnaire du Roi, d'après Pujos. Gracieux portrait gravé à la manière du lavis.

Belle épreuve, sans marge. Rare.

Collection de Goncourt

70 — **Vidal.** *Marie-Antoinette d'Autriche, reine de France*. Petit portrait in-18, médaillon ovale dans un cadre ornementé.

Très belle épreuve avant de nombreux changements, *avant toutes lettres*, avec grande marge. Très rare.

71 — **Vigée-Lebrun** (D'après Mme L.-E.). *Portrait de feu Madame la duchesse de Polignac*, par Fisher, 1794. Portrait ovale in-4°.

Très belle épreuve, grande marge.

72 — **Vigée-Lebrun** (D'après Mme L.-E.). *Madame la marquise de Sabran*. Gracieux portrait en médaillon ovale in-fol., par D. Berger, 1787.

Superbe épreuve imprimée en bistre, grande marge.

Collection de Goncourt

LIVRES

ANCIENS ET MODERNES

73 — **Fables choisies,** mises en vers par J. DE LA FONTAINE. Paris, Desaint et Saillard, 1755-1759. 4 vol. in-fol. Frontispice et figures d'après J.-B. OUDRY.

74 — **Contes et Nouvelles** en vers, par M. DE LA FONTAINE. 2 vol. in-8°, avec planches, d'après Ch. EISEN. Copie de l'édition dite des Fermiers généraux, publiée chez Barraud, 1874. Reliure en mar. rouge.

75 — **Catalogue** de la vente Spitzer. 2 vol. de texte in-4° et un portefeuille in-fol. de planches en phototypie.

76 — **Catalogue** illustré de la vente après décès de Mme C. Lelong. 3 vol. in-4°, brochés.

MINIATURES, ÉMAUX

Peintures, Gouaches

BONBONNIÈRES ORNÉES DE MINIATURES

77 — Sous ce numéro, les miniatures non catalo-guées.

78 — **Ecole moderne.** Quatre miniatures, têtes de femmes, de formes rondes ou ovales.

79 — **Ecole française.** Jeune femme à mi-corps, assise sur un banc, dans un jardin. Miniature ronde sur ivoire. 10.

80 — **Ecole française.** Portrait de jeune femme, en costume de style Louis XVI. Miniature ovale. Cadre en peluche.

81 — **Ecole française.** Jeune femme donnant la becquée à un oiseau. Miniature ovale, signée en bas d'initiales. Cadre en peluche.

82 — **Ecole française.** Miniature ronde, représentant *l'Invention de la peinture* sur une bonbonnière en racine. Au-dessous : dessin à la plume signé WIDMANN. Commencement du XIXe siècle.

83 — **Ecole française de la Restauration.** Portrait de femme. Elle est de face, la tête tournée vers la gauche, coiffée d'un bonnet blanc, vêtue d'une robe gris bleu. Miniature de forme ronde.

84 — **Ecole française de la Restauration.** Portrait de femme. Vêtue d'une robe bleue décolletée, une écharpe de cachemire blanc sur l'épaule. La chevelure ornée d'un diadème. Grande miniature de forme ovale.

85 — **Ecole française de la Restauration.** Portrait de *Mme de Lostanges.* Miniature de forme ovale, à l'huile, sur bois. Cadre en cuivre doré.

86 — **Ecole française de la Restauration.** Portrait de jeune femme. Miniature à l'huile sur toile de forme ovale.

87 — **Ecole française de l'Empire.** Portrait de femme. En buste, presque de face, robe de mousseline blanche et bonnet de dentelles, l'épaule gauche couverte d'un châle cachemire. Miniature sur ivoire de forme ronde.

88 — **Ecole française de l'Empire.** Portrait de femme. En robe blanche décolletée avec écharpe bleue : collier de corail et diadème en or. Miniature de forme ronde.

89 — **Ecole française de l'Empire.** Portrait de femme. En robe blanche décolletée. Miniature de forme ovale.

90 — **Ecole française du XVIIIe siècle.** Portrait de jeune femme. En buste, avec fichu de mousseline croisé sur la poitrine. Fond de paysage. Miniature de forme ronde.

91 — **Ecole française du XVIIIe siècle.** Portrait de jeune femme du temps de Louis XVI. Miniature de forme ovale. Cadre noir.

92 — **Ecole française du XVIIIe siècle.** Portrait d'homme. En buste, avec vêtement bordé de fourrure. Miniature sur ivoire, montée en bague chevalière en or. Écrin en galuchat.

93 — **Ecole française du XVIIIe siècle.** Portrait de gentilhomme. En habit rouge, avec perruque poudrée. Miniature peinte en émail, de forme ovale. Cadre en bronze doré de style Louis XVI.

Collection Maze-Sencier, mars 1883.

94 — **Ecole française du XVIIIe siècle.** Portrait de jeune femme en jardinière. Vue à mi-corps. Fond de parc. Miniature rectangulaire sur vélin. Cadre en bois noir et cuivre doré.

Vente de Courval, mars 1892.

95 — **Ecole française du XVIIIe siècle.** *Les Adieux d'Hector et d'Andromaque.* Miniature peinte en émail, de forme ovale. Cadre ancien en filigrane d'argent, à rinceaux de feuillages.

Collection Allègre.

96 — **Ecole française du XVIIIe siècle.** Groupe de deux enfants jouant avec une cage. Petite gouache de forme ovale, sur boîte de même forme, décorée au vernis.

97 — **Ecole française du XVIIIe siècle.** Paysage avec figures. Miniature fixée sous verre, sur boîte ronde en écaille brune.

98 — **Ecole française du XVIIIe siècle.** Bouquet de fleurs dans un vase. Aquarelle sur papier.

99 — **École française du XVIIIe siècle.** Paysage avec petites figures. Gouache de forme ronde, sur boîte en écaille blonde.

100 — **Ecole française du XVIIIe siècle.** Paysage animé de figures. Gouache. Cadre Louis XVI en bois doré.

101 — **Ecole française du XVIIIe siècle.** Portrait de *Mme de Montbazon.* Elle est vêtue de bleu, avec col de guipure ; sa chevelure est ornée de perles et de plumes. Belle miniature, peinte en émail (le nom est peint au dos de l'émail). Cadre en or, en partie émaillé, à réverbère, de style Louis XVI.

102 — **Ecole hollandaise du XVIIe siècle.** Portrait de femme. En buste, avec large collerette de dentelle, collier de perles et coiffure de guipure. Petite peinture de forme ronde.

103 — **Ecole italienne.** Buste de femme. Fragment d'un tableau d'Allori, du musée des Offices. Miniature ovale. Plus, une miniature : portrait d'homme du temps de la Restauration, de forme ronde.

104 — **Aubry** (L.-F.). Portrait de *Caroline, reine de Naples, sœur de Napoléon.* En buste, de trois quarts à droite, vêtue d'un corsage rouge, le cou et la chevelure ornés de perles. Fond de tenture sur une colonne. Miniature de forme ovale, sur ivoire, signée à droite.

*Vente B***, mars 1904.*

N° 104

N° 136

105 — **Augustin** (Attribué à). Portrait de jeune femme en robe blanche décolletée, avec manteau rouge sur l'épaule. Fond de paysage. Miniature ovale sur ivoire du temps de l'Empire. Cadre en racine.

Vente Périn, juin 1891.

106 — **Bôbe**. Portrait présumé de *Mlle Adeline,* de la Comédie-Française. Vue presque de face, en robe de soie violette décolletée et lacée sur la poitrine. Chevelure bouclée. Miniature sur ivoire, de forme ronde. Signée et datée : *1789*. Cadre en bronze de style Louis XVI.

Vente E.-M. Bancel.

107 — **Boucher** (D'après F.). *La Jeune fille à l'oiseau.* Petite miniature ovale.

Vente d'Ivry, mai 1884.

108 — **Boucher** (D'après F.). Portrait de *Mme Favart,* dans le rôle de Ninette. Miniature à l'aquarelle, de forme rectangulaire. XVIIIe siècle. Cadre en argent doré.

Vente du baron Pichon, mars 1897.

109 — **Cournerie** (L.). Portrait de la *Comtesse Diane de Polignac.* Miniature ovale, sur vélin. Signée et datée : *74*. Cadre en bronze doré.

110 — **Debillemont-Chardon.** Portrait de jeune femme. En buste, avec grand voile de gaze, la chevelure ornée de cerises. Grande miniature sur ivoire, de forme ovale. Cadre en bois sculpté.

111 — **Decamps fils.** Portrait d'artiste. En buste, de trois quarts à gauche, en robe de chambre blanche, foulard autour du cou, il tient de sa main gauche une palette et un pinceau. Miniature de forme ronde. Signée et datée à gauche : *Roma, 1774.*

112 — **Drolling** (Attribué à M.). Groupe de jeunes paysannes. Fond de paysage. Miniature fixée sous verre, de forme ronde.

113 — **Dumont** (Attribué à). Portrait de gentilhomme décoré de l'ordre de Saint-Louis. Miniature ovale (fendue), sur ivoire.

114 — **Dumont** (Attribué à). Portrait d'homme du temps de la Révolution. Miniature ronde, sur ivoire.

115 — **Dun.** Portrait présumé de *Caroline, reine de Naples, sœur de Napoléon.* En buste, robe blanche décolletée, collier de perles au cou, la chevelure bouclée. Miniature de forme ovale. Signée à droite. Écrin en maroquin rouge.

Donnée par le roi de Naples, en 1814, au général baron de Tugny.

116 — **Giacomelli** (H.). Groupe de trois oiseaux des îles. Petite aquarelle sur bristol. Écrin noir.

Vente de la collection de l'artiste, avril 1905.

117 — **Guérin** (J.). Portrait de jeune femme vêtue d'une robe de soie verte décolletée; les cheveux noirs et bouclés avec peigne d'écaille blonde. Miniature ovale. Signée. Cadre en bois doré.

118 — **Heinsius**. Portrait présumé de l'artiste. De profil à droite, la tête presque de face, il tient sa palette de la main gauche. Fond de paysage. Sur boîte ronde en écaille brune. Signé et daté : *1796*.

Vente Guilhou, mars 1905.

119 — **Hue de Bréval** (Mlle). Portrait du *Comte de Rougé*. De face, en costume d'officier d'état-major. Grande miniature ovale, sur ivoire. Signée à droite. Cadre en bronze doré.

120 — **Hue de Bréval** (Mlle). Portrait de la *Comtesse de Rougé*, femme du précédent. En buste, toilette blanche décolletée, la ceinture ornée d'une boucle. Miniature de forme ovale, sur ivoire. Cadre en cuivre doré.

121 — **Hue de Bréval** (Mlle). Portrait de *Marie-Thérèse de Rougé*, fille des précédents. En buste, de trois quarts à droite, en robe blanche décolletée, l'épaule droite couverte d'un manteau. Miniature ovale sur ivoire. Signée. Cadre en bronze doré.

122 — **Hue de Bréval** (Mlle). Le jeune comte *Louis de Rougé*, frère de la précédente. De trois quarts à gauche, vêtement à boutons jaunes et grand col marin ouvert. Miniature ovale sur ivoire. Signée et datée, à droite : *1819*. Cadre en bronze doré.

123 — **Isabey** (J.). Portrait de jeune femme. Robe décolletée et fichu de gaze, bouquets de fleurs dans la chevelure et au corsage. Grande miniature sur vélin, de forme ovale. Signée et datée : *1825*. Cadre en bronze ciselé de la même époque.

Exposition du Centenaire d'Isabey et Raffet, mars 1904.

124 — **Isabey** (J.). Portrait du roi *Louis XVIII*. Miniature ovale en hauteur, signée et datée : *1814*. Cadre rectangulaire, à pans en or ciselé fleurdelisé.

Vente Lebeuf de Montgermont, mai 1891.

Exposition du Centenaire d'Isabey et Raffet, mars 1904.

N° 123

125 — **Jaquotot** (Marie-Victoire), 1778-1855. Portrait d'*Hortense Mancini*, nièce de Mazarin, duchesse de la Meilleraie. Miniature de forme ovale, peinte sur porcelaine en 1839.

126 — **Landerset** (de). Portraits de jeunes femmes. Trois miniatures de formes carrée et rondes, d'après des miniatures anciennes de la collection Lenoir, au Louvre.

127 — **Lawreince** (D'après N.). Jeune femme en buste, jouant de la mandoline. Miniature ronde. Cadre en bronze.

128 — **Lecourt**. Portrait d'homme. Petite miniature de forme ronde, ornant le boîtier d'une montre en or.

129 — **Lemaire** (Madeleine). *La Bouquetière*. Miniature à l'aquarelle, rehaussée de gouache, signée. Cadre en métal argenté sur velours.

130 — **Périn** (Lié-Louis). Portrait de *Mme Salbreux*, belle-mère de l'artiste, représentée en buste, en robe blanche décolletée, avec écharpe sur les épaules formant fichu. Chevelure blonde. Fond de paysage. Miniature ronde sur ivoire. Signée à droite. Cadre en racine avec appliques en cuivre.

Vente Périn, juin 1891.

131 — **Périn** (Attribué à L.-L.). Portrait d'homme, de profil à gauche. Très petite miniature rectangulaire, à pans. Cadre en bois noir.

Vente Périn, juin 1891.

132 — **Petitot** (Attribué à J.). Portrait présumé de *Mme de Montespan.* En costume de cour, corsage décolleté, robe retenue aux épaules par des ferrets ; haute coiffure bouclée. Miniature de forme ovale, sur vélin.

133 — **Retailliau** (Y.). *Fleur de jeunesse.* Miniature sur ivoire, de forme rectangulaire. Signée.

Salon de 1905.

134 — **Richard** (Hortense). *Jeune paysanne tricotant.* Grande miniature sur ivoire. Cadre de style Louis XIV.

135 — **Richard** (Hortense). *Judith.* Grande miniature, signée.

Salon de 1905.

136 — **Saint.** Portrait de *Mme Gid,* première chanteuse de la chapelle de Charles X. En buste, de trois quarts à gauche, en robe blanche à col de mousseline, une écharpe rouge sur l'épaule. Fond de colonne et draperie. Grande miniature de forme ovale, sur ivoire. Signée. Cadre en bronze doré.

137 — **Sauvage.** Deux miniatures rondes sur ivoire : *Les Charmeuses d'oiseaux. — Sacrifice à une déesse.* Deux grisailles signées. Bordures en argent doré.

Vente Montchaude, mai 1883.

138 — **Taunay** (Attribué à N.). Miniature ronde, représentant *le Retour du marché*, sur une bonbonnière en poudre d'écaille. XVIIIe siècle.

Vente Ch. Bocher, mars 1884.

139 — **Tournières** (D'après). Portrait de femme assise, les bras appuyés sur une console en bois doré. Grande miniature sur ivoire. Cadre en cuivre.

140 — **Troivaux**. Portrait du *Comte Laguiche*. Miniature ovale, signée et datée : *1823*. Cadre en or.

141 — **Van Spaendonck** (G.). Miniature ronde, représentant un panier de fleurs et un nid d'oiseaux. Signée. Bordure en cuivre doré.

Vente Montchaude, mai 1883.

142 — **Van Spaendonck** (Attribué à G.). Miniature fixée sous verre. Panier de fleurs. De forme ronde. Cadre en cuivre doré.

Vente Montchaude, mai 1883

250 —

143 — **Weyler**. Portrait présumé de *Pierre le Grand*. En buste, la tête de trois quarts à droite, il porte l'armure, couverte en partie d'une écharpe rose. Belle miniature peinte en émail et signée. De forme ovale. Cadre à réverbère, en or, à filet émaillé bleu.

Salon de 1787 (?).

Vente Lafaulotte, avril 1886.

N° 143

TABLEAUX

ANCIENS ET MODERNES

144 — Sous ce numéro, les tableaux non catalogués.

145 — **Boucher** (D'après F.). *Elle mord à la grappe.*
Bois.

146 — **Cicéri** (E.) *La Seine à Meudon.*
Toile.

147 — **Demarne.** *Chaumière au bord d'une rivière.*
Toile signée à gauche.

148 — **Demarne.** *Paysage accidenté avec bergère et troupeau.*
Bois.

149 — **Dupré** (Jules). *Paysage avec cours d'eau et personnages.*
Toile signée et datée : *1835.*

150 — **Gimon.** *Lisière de forêt.*
Toile.

151 — **Guignet.** *La Mêlée.*

Toile.

152 — **Jadin** (G.). *Métamort et Tonnerre.* Chiens de la meute de Fontainebleau.

Toile ovale.

153 — **Leloir** (Louis). *Pont sur le Tibre.* Souvenir de Rome.

Étude peinte sur toile.

Vente L. Leloir, mars 1884.

154 — **Pasini.** *Paysage avec rivière. Effet de soleil couchant.*

Bois. Signé.

155 — **Peyrol-Bonheur** (Mme). *Forêt de Fontainebleau.*

Etude de rochers.

Vente Peyrol-Bonheur, avril 1892.

156 — **Point** (A.). Sanguine.

157 — **Récipon**. *Carrière de sable.*

Toile.

158 — **Rosa** (Attribué à Salvator). *Paysage.*

Toile.

159 — **Swebach** (Ed.). *Halte de soldats.*

Bois signé et daté à gauche : *1795*.

Vente Borniche, mars 1884.

160 — **Titien** (D'après le). *Le Martyre de saint Pierre Dominicain.*

Esquisse peinte d'après le tableau original, brûlé à Venise en 1875. Toile.

161 — **Verkolie** (N.). *Le Petit chien favori.*

Bois.

Vente Borniche, mars 1884.

162 — **Verkolie** (N.). *Jeune femme tenant une corbeille de fleurs.*

Bois.

163 — **Vernon** (Paul). *La Meuse.*

Toile signée.

Vente Vernon, mars 1883.

164 — **Weenix** (Attribué à J.). *Nature morte.*

Toile.

DESSINS & AQUARELLES

ANCIENS ET MODERNES

165 — Sous ce numéro, les dessins non catalogués.

166 — **École française du XVIIIe siècle**. Portrait de jeune femme. Dessin aux crayons de couleur, de forme ronde.

167 — **Decamps.** *La Fuite en Égypte.* A la mine de plomb. Signé : *D. C.*

Collection H. Dreux, mai 1902.

168 — **Decamps.** *Souvenir d'Asie-Mineure.* Aux crayons noir et blanc. Signé : *D. C.*

169 — **Decamps**. *Les Petits nautonniers.* Petit dessin au crayon. Signé.

Collection H. Dreux.

170 — **Freudeberg** (S.). *Le Retour du chasseur.* Composition à plusieurs figures. Aquarelle signée.

171 — **Giacomelli**. *Oiseaux morts*. Plusieurs études sur la même feuille. A l'aquarelle.

Vente Giacomelli, avril 1905.

172 — **Lancret** (N.). Étude d'homme debout. Petit dessin à la sanguine. Cadre ancien en bois sculpté.

173 — **Lemaire** (Madeleine). *Sur la plage*. Au crayon sur bristol. Signé.

174 — **Meissonier** (E.). *Les Forçats*. Aquarelle. Signée du monogramme.

Vente Meissonier, n° 544, 1893.

175 — **Mouchet** (D'après). *L'Illusion*. Gouache de forme ovale. Sujet gravé.

176 — **Swebach-Desfontaines**. *Halte de soldats*. Au lavis rehaussé de blanc. Signé.

177 — **Tofano** (E.). Tête de femme. Aquarelle. Signée.

Vente Ulysse Butin, mai 1884.

OBJETS D'ART ET D'AMEUBLEMENT

Porcelaines et Faïences diverses

CHINE, JAPON, SAXE, SÈVRES ET AUTRES

178 — Onze plats ou assiettes en ancienne faïence de Moustiers, Strasbourg, Milan et autres.

179 — Six plats en ancienne faïence de Delft, de Rhodes, de Perse, etc.

180 — Petite bouteille en ancienne faïence de Nevers.

181 — Soupière et son couvercle en ancienne faïence de Moustiers, à décor de grotesques en jaune.

182 — Coupe en ancienne faïence, genre de Palissy : Création de la femme.

183 — Plat rond et compotier décagone en ancienne porcelaine du Japon, à décor polychrome.

184 — Deux cornets en ancienne porcelaine du Japon, à décor polychrome ; ils sont montés en lampe, par Gagneau.

185 — Cornet en ancienne porcelaine du Japon.

186 — Soupière ronde et son couvercle (restaurations) en ancienne porcelaine du Japon, à décor polychrome.

187 — Petite aiguière et son bassin en ancienne porcelaine du Japon, à décor polychrome.

188 — Coupe libatoire en forme de feuille d'eau, en ancienne porcelaine du Japon, décor en couleur et dorure.

189 — Jardinière de forme rectangulaire en porcelaine de Chine, à décor de fleurs ; monture en bronze ciselé et doré.

190 — Onze assiettes en ancienne porcelaine de l'Inde, à décor de fleurettes en émaux de couleur.

191 — Quatre assiettes en ancienne porcelaine de l'Inde, avec blason à devise au centre.

192 — Bol, théière, cafetière et boîte a thé, en ancienne porcelaine de l'Inde, décor à fleurettes en couleur.

193 — Treize tasses et soucoupes, dont une grande en ancienne porcelaine de la Compagnie des Indes.

194 — Petits vases porte-fleurs et parfums en ancienne porcelaine de Chine à fond divers ; neuf pièces.

195 — Deux petites tasses et soucoupes en ancienne porcelaine de Chine, de la famille rose.

196 — Groupe de deux figures en ancienne porcelaine de Chine, décoré en émaux de couleur, de la famille rose.

Vente Escudier, avril 1883.

197 — Deux magots en porcelaine de Chine, de la famille rose, émaillée en couleur.

198 — Petite bouteille à panse sphérique et col cylindrique, en ancienne porcelaine de Chine, décorée de rinceaux à fleurs, en bleu sur fond rouge. Marquée de Tching-Hoà. Socle en bois de de fer.

Vente Marquis, n° 111.

199 — Plat en ancienne porcelaine de Chine, de la famille rose ; au centre, trois figures dans un paysage avec kiosque ; le marli, orné de quatre branches de fleurs.

Diam., 395 millim.

Vente Escudier, avril 1883.

200 — Plat rond en ancienne porcelaine de Chine de la famille rose ; décor au *tournoi*, à nombreux personnages, rehaussé d'or ; marli à carrelages et médaillons avec attributs.

201 — Deux plats en ancienne porcelaine de Chine, de la famille rose, décorés, au fond, de deux femmes debout auprès d'un pavillon où l'on voit un jeune homme jouant d'un instrument à cordes et un autre personnage endormi. Marli à fond piqueté portant des tiges fleuries et quatre réserves de fleurs.

Diam., 25 cent.

Collection Marquis

202 — Deux plats ronds de diamètres différents, en ancienne porcelaine de Chine de la famille rose, décorés au centre de fleurs, de rochers et d'ustensiles divers, et au marli de quatre réserves à fleurs, sur fond lilas, gravé sous émail.

203 — Petite figurine d'enfant ailé en ancienne porcelaine d'Allemagne (fractures).

204 — Corbeille a deux anses en ancienne porcelaine blanche de Saxe, simulant la vannerie.

205 — Quatre compotiers forme coquille et deux autres ronds côtelés, en ancienne porcelaine de Saxe, décor à fleurs.

206 — Tasse et soucoupe en ancienne porcelaine de Saxe, décor de *marines* en couleur.

207 — Tasse et soucoupe en ancienne porcelaine de Saxe; décor sur fond violet de réserves à paysages animés.

208 — Tasse et soucoupe en ancienne porcelaine de Saxe; décor de sujets galants à personnages et bordure dorée.

209 — Deux petites caisses a fleurs de forme carrée à quatre pieds, à pâte gaufrée en ancienne porcelaine de Saxe, décorées de fleurettes en couleur.

Vente Escudier, *avril 1883*.

210 — Deux très petits vases en ancienne porcelaine de Saxe, à fond blanc, gaufré en relief, à décor de fleurettes et anses formées de dauphins.

211 — Petit baguier en ancienne porcelaine de Saxe Marcollini, à décor de fleurettes.

212 — Boite oblongue en ancienne porcelaine de Saxe, décor en couleur de personnages dans le goût de Watteau, encadrement de rocailles en relief avec fleurettes; monture en argent doré.

213 — Figurine en ancienne porcelaine de Saxe, représentant un Turc assis, vêtu d'un costume blanc à fleurettes en couleur.

214 — FIGURINE de femme assise : Dentellière, en ancienne porcelaine de Saxe (égrenure).

215 — QUATRE PETITES FIGURINES d'enfants : les Saisons, en ancienne porcelaine de Saxe (légère fracture).

216 — TRÈS PETIT GROUPE en ancienne porcelaine de Saxe : Cavalier au galop, décoré en couleur (petits accidents).

217 — PETIT FLACON en ancienne porcelaine de Saxe, formé d'une figurine d'homme portant un chien.

218 — TROIS GROUPES de figures enguirlandées de fleurs, en porcelaine de Saxe.

219 — SUCRIER ET SON COUVERCLE en porcelaine de Naples, décoré en couleur et en relief de sujets mythologiques.

220 — MÉDAILLON rond en biscuit, à fond bleu, avec groupe de quatre amours en blanc et en relief.

221 — SUCRIER à poudre avec plateau adhérent et couvercle, en ancienne porcelaine de Locré ; décor à bouquets en couleur.

222 — DEUX ASSIETTES de décors variés, en ancienne porcelaine tendre de Chantilly.

Collection Dupont-Auberville.

223 — Trois beurriers couverts, en ancienne porcelaine tendre blanche de Mennecy-Villeroi, simulant des corbeilles en vannerie, garnies de fleurs (manques).

224 — Petit drageoir formé d'un cygne, avec couvercle, en ancienne porcelaine tendre de Mennecy-Villeroi. Décor en couleur, monture en argent.

Vente de Courval, mars 1892.

225 — Assiette en ancienne porcelaine de Sèvres, pâte tendre, à décor de bouquets de fleurs.

226 — Plat de forme contournée, en ancienne porcelaine de Sèvres, pâte tendre, décoré de bouquets de fleurs en couleur, filets bleus et bord doré.

227 — Deux tasses droites et soucoupes en ancienne porcelaine tendre de Sèvres ; décor à bouquets de fleurs et bordure bleue.

228 — Quatre tasses et soucoupes en ancienne porcelaine de Sèvres, pâte tendre, à décor de semis de roses et deux bordures de lauriers, par Fontaine, Chapuis, etc., 1779-1780.

229 — Petite tasse droite et soucoupe en ancienne porcelaine de Sèvres, pâte tendre, à décor de semis de roses et bordure de fleurs en couleurs sur pointillé bleu, par Pierre jeune et Bar, 1775.

230 — Tasse droite et soucoupe, en ancienne porcelaine de Sèvres, pâte tendre, à fond jaune et semis de myosotis en bleu; la tasse offre, dans un médaillon réservé en blanc et en forme de losange, les lettres D en or et B en roses, entrelacées (chiffre de Mme du Barry ?). Décor de Moiron et Grison, 1786.

Vente Maze-Sencier, avril 1892.

231 — Pot a crème en ancienne porcelaine de Sèvres, pâte tendre, à décor de semis de roses et deux bordures de lauriers, par Baudouin, 1785.

232 — Petit coquetier en ancienne porcelaine de Sèvres, pâte tendre, à décor de médaillons de roses sur fond de feuillages en quadrillé, par Le Bel jeune, 1768.

Vente de Courval, mars 1892.

233 — Sucrier à poudre couvert et son plateau, en ancienne porcelaine de Sèvres, pâte tendre, à décor de semis de roses et bordure dentelée, en dorure, par Hunny et Théodore (accident au boulon du couvercle).

234 — Petit plateau de forme carrée, à bords obliques, en ancienne porcelaine de Sèvres, pâte tendre, décoré de jetés de fleurs en camaïeu rose et bordure dentelée en dorure, par Bertrand, 1757.

Vente de Courval, mars 1892.

235 — Plateau d'écuelle à bouillon, en ancienne porcelaine de Sèvres, pâte tendre, à bord lobé et dentelé d'or ; bordures de lauriers et semis de roses en couleur, par Taillandier, 1777.

236 — Petit plateau oblong, en ancienne porcelaine de Sèvres, pâte tendre, à décor de barbeaux et bordure dorée.

Collection Watelin.

237 — Neuf tasses et soucoupes en ancienne porcelaine de Sèvres, pâte dure du temps de l'Empire ou de la Restauration, à décors variés dans le goût de l'antique, d'arabesques ou de médaillons sur fond de couleur.

238 — Œuf en porcelaine décorée d'un médaillon avec figure de saint, et inscription russe, à fond d'or.

239 — Vase à deux anses, en porcelaine de Paris, du temps de la Restauration, fond vert et or, avec médaillon rectangulaire : miniature de femme.

240 — Porcelaines anciennes non cataloguées.

OBJETS DE VITRINE ET OBJETS DIVERS

241 — Service a entremets et a dessert, en vermeil, de la *maison Tiffany*, de New-York, comprenant, dans un écrin : 12 grandes cuillères, 24 moyennes et 12 petites, 12 fourchettes et 12 couteaux, soit 72 pièces.

Exposition Universelle de 1889.

242 — Bague en or, avec chaton formé d'une cornaline gravée, représentant: *Achille blessé, pansé par Machaon.*

243 — Autre bague en or, avec chaton formé d'une cornaline gravée, représentant : *le Berger Faustulus et la Louve* allaitant Romulus et Rémus.

244 — Groupe en jade sculpté à jour et encrier, de travail chinois.

245 — Ivoires japonais : netskés, boîte, etc. Cinq pièces.

246 — Très petit éléphant en cristal de roche taillé. Petite boîte en ivoire gravé. Étui à compartiment ou *inrô* en laque. Trois pièces d'Extrême-Orient.

247 — Cachet en forme de vase, en cristal de roche, à ornements gravés.

248 — Coupe en forme de calice couvert en cristal de roche gravé, à décor d'arabesques, de cariatides et de mascarons à têtes de faunes. La monture du pied et le bouton du couvercle en argent doré, en partie émaillé.

249 — Coupe hémisphérique en agate orientale blonde, montée sur pied en argent doré et en partie émaillée. Sur le bord de la coupe, deux petits papillons en argent doré formant anses.

Vente Lebeuf de Montgermont.

250 — Cadre à miniature, de forme ronde, en bronze, surmonté d'un nœud de ruban, style Louis XVI.

251 — Petit cadre à miniature de forme ovale, du temps de Louis XVI, en argent et strass. Etui à aiguille en nacre gravée du temps de Louis XV.

252 — Médaillon en bois très finement sculpté par Bonsanigo, représentant un vase de fleurs, Louis XVI. Cadre en bois doré. Autre petit médaillon, en ivoire sculpté, figurant la Moisson et la Cueillette.

253 — Petite boite oblongue à pans, en argent doré (E. T.), ornée de deux plaques en écaille brune, posée d'or à fleurs et animaux. xviiie siècle.

254 — Petit coffret en filigrane d'argent, orné de pierres et d'émaux en couleur.

255 — Petit coffret décoré, au vernis, d'arabesques. Travail persan.

256 — Boite a jetons, à quatre compartiments en bois laqué au vernis sur vignettes. XVIIIe siècle.

257 — Cadre de Christ en bois sculpté et doré. Époque Louis XIV.

258 — Deux petits vases pitongs en émail cloisonné du Japon.

259 — Encrier en bronze à trois pieds, cariatides ailées, surmonté d'un aigle sur le couvercle. Italie, XVIIe siècle.

260 — Petit encrier en bronze. Empire.

261 — Lapin en bronze patiné par Barye, poinçonné et numéroté 7, sur socle formant presse-papier.

Vente Mourre, mars 1892.

262 — Chien rapportant un lièvre — Cerf aux écoutes. Deux bronzes par *Mêne.*

263 — Paire de flambeaux-cassolettes en bronze ciselé et doré de style Louis XVI.

264 — Pendule-applique avec son socle en forme de cul-de-lampe, du temps de Louis XV, en bois peint au vernis, à décor de fleurs, et ornée de bronzes.

265 — Pendule-cartel en bronze ciselé et doré du temps de Louis XV, à motifs de fleurs et rocailles.

266 — Pendule en bronze du temps de l'Empire, surmontée d'un sujet à deux figures : Psyché couronnant l'Amour.

267 — Deux bandeaux de cheminée en ancienne tapisserie des Flandres, fruits, fleurs et médaillons, mesurant chacun environ 2 mètres.

MEUBLE

268 — Grand bureau ouvrant à cylindre, avec tiroirs, en acajou et baguette de cuivre. Époque Louis XVI.

www.ingramcontent.com/pod-product-compliance
Ingram Content Group UK Ltd.
Pitfield, Milton Keynes, MK11 3LW, UK
UKHW021008180726
13838UKWH00003B/1494

9 782329 39314